Rose Lagercrantz Rebecka Lagercrantz

Kleiner schwarzer Hund in der Nacht

aus dem Schwedischen
von Lotta Rüegger

Verlag Urachhaus

Inhaltsverzeichnis

Für Nera und Nimos
und alle anderen Hunde,
die sich unerschütterlich
auf ihr Herrchen und Frauchen verlassen

So ein fröhlicher Hund

Es war einmal ein Hund, der immer alle anderen Hunde im Park begrüßen wollte, sogar die großen, wütenden, die ihn anbellten.
Er hatte vor rein gar nichts Angst.

Im Übrigen war wohl nichts Außergewöhnliches an ihm. Das fanden vermutlich alle, nur nicht sein Frauchen.

Aber einmal passierte etwas, was einfach nicht passieren darf.
Es war im Winter, nach dem großen Schneesturm. Alle, die sich hinausgewagt hatten, waren fast umgeweht worden.
Als sich der Sturm endlich legte, war es auf einmal ganz still und ruhig in der Stadt.

Aber nicht besonders lange …
Bald war alles wieder wie immer, mit viel Gedränge auf den Straßen, in den Bussen! In der U-Bahn!

Und dort, mitten im Gewimmel, waren der Hund und sein Frauchen auf dem Weg zu einem Kaffeekränzchen.

Aber plötzlich spürte das Frauchen des Hundes – Irma war ihr Name – einen heftigen Schmerz in der Brust.
Es war, als ob sie jemand fest umarmte und ihr die Luft abschnürte. Ohne ein Geräusch sank sie zwischen allen Menschen in sich zusammen und blieb liegen.

Der Hund rannte zu ihr hin und leckte ihr das Gesicht ab, aber Irma reagierte nicht.
Jemand rief den Krankenwagen, und bald kamen zwei Rettungssanitäter angerannt und hoben sie auf eine Trage. Aber der Hund rannte um sie herum und verwickelte sie in seine Leine. Da mussten sie ihn losbinden.

Als sie ihn wieder an die Leine nehmen wollten, entwischte er und schlüpfte um die nächste Ecke.

»Was machen
wir jetzt?«,
fragte der eine
Rettungssanitäter und
kratzte sich am Kopf.
»Vergiss den Hund«,
antwortete der andere.
»Die Frau braucht jetzt
schnell Hilfe!«
Und dann eilten sie mit Irma
davon.

Schnell weg von den U-Bahnen und den trampelnden Füßen

An den Hund dachte niemand mehr.
Verwirrt irrte er durch den U-Bahnhof, treppauf, treppab, die Gänge entlang, und suchte nach einem Ort, wo er vor den Füßen sicher war.

Zuletzt fand er ein Plätzchen neben einem Papierkorb. Dort blieb er stehen und sah den Menschen zu, die an ihm vorbeiströmten.

Aber bald wurde er von einem Mann entdeckt, der den Bahnsteig saubermachte.
»Hör mal, Hund«, rief der Mann. »Komm her!«
Der Hund gehorchte.

5

»Du darfst hier nicht ohne Leine herumlaufen«, erklärte der Mann. »Hast du denn kein Frauchen oder Herrchen, das sich um dich kümmert?«

Verständnislos legte der Hund den Kopf schief. Nur das Wort »Frauchen« hatte er verstanden.

Der Mann zog sein Telefon aus der Tasche, wählte eine Nummer und sprach mit einem Wachmann.
Als er wieder aufschaute, war der Hund verschwunden.
Einfach weg!

Der kleine schwarze Hund war schon wieder auf den Treppen und in den Gängen unterwegs. Nach langem Herumirren fand er endlich auf die Straße hinaus.
Dort sah er sich um und schnupperte in die kalte Winterluft. Dann rannte er wieder los. Wohin, das wusste er wohl nicht. Nur schnell weg von den U-Bahnen und den trampelnden Füßen.

Er rannte, als wären die bösen Geister hinter ihm her. Dabei hatte er sich doch noch nie gefürchtet! Noch nie in seinem ganzen Leben!
Er hatte immer geglaubt, dass alles gut enden würde. Sogar, wenn er die großen, wütenden Hunde anbellte. Aber jetzt hatte er schreckliche Angst.

»Schau!«, rief ein Mädchen, das neben seiner Mutter im Auto saß.
Sie waren auf dem Weg ins Kino.
»Schau! Da läuft ein herrenloser Hund! Halt an, Mama!«

RIGOLETTO

Das war Adina, das Mädchen, das Hunde liebte.
»Ich darf hier nicht halten«, erklärte die Mutter. »Ich muss weiterfahren, sonst hupen die anderen Autos.«
»Aber Mama, das ist doch Irmas Hund!«
»Unmöglich«, sagte die Mutter. »Wie hätte der denn hierherkommen sollen? Glaubst du wirklich, dass Irma ihn mitten in der Stadt von der Leine lässt? Das muss ein anderer Hund sein.«
»Jedenfalls ist es ein Hund!«, beharrte Adina. »Stell dir vor, er wird angefahren!«
»Mach dir keine Sorgen!«, antwortete die Mutter. »Frauchen oder Herrchen kümmert sich sicher gleich um ihn.«

Aber da täuschte sich die Mutter. Kein Frauchen kam.
Die Frage war, ob der Hund überhaupt noch ein Frauchen hatte.

Hunde besitzen nicht viel

Das alles geschah am Ende des Tages, zu einem Zeitpunkt, an dem Hunde für gewöhnlich etwas zu fressen bekommen und sich dann hinlegen, um ein Weilchen zu schlafen.
Aber der kleine schwarze Hund rannte einfach weiter. Straßauf, straßab.

Erst als er sich dem Park näherte, in dem er mit seinem Frauchen immer spazieren ging, wurde er langsamer. Hier kannte er sich aus.

Hier war das hohe blaue Tor, das immer offen stand.
Hier war der Kanal mit dem glitzernden Wasser.
Hier waren die Bäume, die ihren ruhigen Winterschlaf hielten.
Alles erkannte er wieder.

Und dort, genau beim Eingang, lag etwas Rotes im Schnee, das ihm fast zuwinkte und KOMM! rief.
Es war ein Handschuh. Und den erkannte er auch wieder!

Normalerweise hätte er sich darauf gestürzt, ihn mit den Zähnen gepackt und dann hin und her geschüttelt wie eine Maus. Denn das machte er mit allen Handschuhen, die er zu fassen bekam. Aber jetzt schnupperte er nur ein bisschen daran und stellte fest, dass er vertraut roch, bevor er zum Kanal weitermarschierte, um das eiskalte Wasser zu trinken. Er war sehr durstig, weil er so viel gerannt war.

Und Hunger hatte er auch. Höchste Zeit, die Schnauze in den Futternapf zu stecken und sich satt zu essen. Aber wo gab es bloß diesen Napf?

Hunde besitzen nicht viel, aber die meisten haben ein Frauchen oder Herrchen, das ihnen etwas zu fressen gibt.
Doch jetzt hatte er weder Futter noch einen Napf. Das haben nur Hunde, nach denen gesucht oder gerufen wird, wenn sie verloren gehen. So ein Hund war er immer gewesen.
Aber niemand rief seinen Namen.
Hatte er überhaupt noch einen Namen?
Er war einfach nur ein kleiner schwarzer Hund in der Nacht.
Ganz allein.
Erschöpft kroch er unter einen Busch, rollte sich zusammen und schlief ein.

Und es fiel noch mehr Schnee.
Bald deckte er alles zu, was auf der Erde lag. Jetzt konnte niemand mehr sehen, dass ein verschwundener Hund unter dem Busch lag. Und ein verschwundener Handschuh am Tor.
Beide gleichermaßen verloren.

Ein Mädchen am Fenster

In einem Haus im gleichen Stadtteil stand ein Mädchen am Fenster und schaute in die Dunkelheit.
Es war Adina, die Hunde so gern mochte. Ihr größter Wunsch war ein eigener Hund. Ob groß oder klein spielte keine Rolle. Ihr war jede Sorte recht.
Ein Hund, den sie jeden Tag füttern durfte, mit dem sie Gassi gehen und spielen durfte und umarmen und kraulen und liebhaben! Einer, der ab und zu in ihr Bett kriechen und bei ihren Füßen liegen durfte.
Am liebsten so ein kleiner schwarzer, wie ihn ihre Nachbarin Irma hatte. Genau so einen Hund wollte Adina haben.
Und genau diesen Hund hatte sie durch die Autoscheibe gesehen, da war sie sich sicher.

Was, wenn er jetzt doch auf die Fahrbahn gerannt und angefahren worden war! Hunde glauben ja offenbar, dass Autos Augen haben und sie sehen können.

So stand sie also da und grübelte, als sie in die Winternacht hinausschaute.
Sie machte sich Sorgen um den Hund.

Außerdem überlegte sie, wo sie wohl ihren roten Handschuh verloren hatte. Sie hatte ihrer Mutter noch nicht gebeichtet, dass er weg war. Ihre Mutter nahm es mit solchen Sachen ziemlich genau.

Die roten Handschuhe hatte Irma für Adina gestrickt, als diese ihre grünen mit den weißen Punkten verloren hatte, die ebenfalls von Irma waren.

Schließlich ging Adina ins Bett.
Ihr letzter Gedanke, bevor sie einschlief, galt dem kleinen schwarzen Hund.

Der Spürnase nach

In dieser Nacht hatte der Hund einen wunderbaren Traum. Er träumte, dass er einen Weihnachtsschinken fand.

Im Morgengrauen wachte er auf, weil ihm sein leerer Bauch so wehtat. Außerdem fror er. Er streckte seine Schnauze aus dem Busch und witterte.

Der Schinken? Wo war der Schinken?

Er stand auf, schüttelte den Schnee ab und spähte in den Park. Kein Schinken zu sehen.

Aber drüben auf dem Weg hörte er das Klappern von Hufen. Die Pferde des Königs machten ihre Morgenrunde.

Der kleine schwarze Hund ließ ein Bellen hören, das WARTET bedeutete, und rannte ihnen hinterher. Aber die Pferde trabten schnaubend weiter.

Und plötzlich hob eines von ihnen seinen Schwanz und ließ einen Haufen großer brauner Pferdeäpfel auf den Weg fallen. Der Hund blieb stehen und schnupperte.

Manche Hunde finden, dass Pferdeäpfel spannend riechen. Es gibt sogar einige, die so etwas essen. Aber nicht der kleine schwarze Hund. Denn das hatte ihm sein Frauchen verboten. Während er so dastand, ging die Sonne auf und färbte den Himmel rosa. Die lange kalte Nacht hatte ein Ende. Der Schrecken auch.

Und weil er jetzt nicht mehr so viel Angst hatte, wagte er es, den Park zu verlassen.

Schnell lief er auf den Kai zu, an dem die Holzsegler und Schärenboote vertäut waren. Seine Schnauze strich über die gefrorene Erde, aber er fand nicht einmal einen alten Brotkanten. Bis er das Ende des Kais erreichte. Dort nahm er plötzlich einen angenehmen Geruch wahr.

Er hob den Kopf und sah sich um.

Ein junger Mann näherte sich mit einer Bockwurst in jeder Hand.

Er hieß Emil und arbeitete in einem Krankenhaus. Die ganze Nacht über hatte er auf der Intensivstation gewacht, auf der Irma Svensson mit einem Herzinfarkt lag.

Als er sie am Morgen verlassen hatte, war sie immer noch nicht bei Bewusstsein gewesen. Aber sie lebte!

Auf dem Heimweg hatte er eine Wurstbude besucht, die fast immer geöffnet war. Dort hatte er zwei Bockwürste mit Brot gekauft, eine für sich selbst und eine für seine Freundin Stina.

Heute würde er Stina mit einer Bockwurst wecken.

Der Duft dieser Würste war dem Hund in die Nase gestiegen.

Jetzt rannte er auf Emil zu, stellte sich auf die Hinterbeine und begann zu tanzen.

»Hallo, kleines Hündchen!«, sagte Emil. »Wo ist denn dein Frauchen oder Herrchen?«

WUFF, sagte der Hund und leckte sich die Schnauze.

»Ich verstehe«, antwortete Emil. »Du hast Hunger!«

Er teilte eine der Würste in der Mitte, und hielt dem Hund das eine Stück hin.

Der Hund verschlang es gierig und leckte sich wieder die Schnauze.
»Oje! Du bist ja richtig ausgehungert!«, sagte Emil und gab dem Hund auch noch das andere Stück.

Aber das war nicht genug. Als der Hund es hinuntergeschluckt hatte, sah er Emil wieder bittend an.
NOCH MEHR WURST, sagten seine Augen.

»Mehr gibt's nicht«, sagte Emil. »Diese Wurst hier ist für Stina. Komm mit mir nach Hause. Stina mag kleine Hunde.«
Aber der kleine Hund verstand ihn nicht.

Daraus wurde also nichts.
Aber jetzt, wo er wieder etwas im Bauch hatte, verspürte er neue Kräfte.
Die Hoffnung, die in allem Lebendigen zu finden ist, war wohl in ihm erwacht.
Bei den Pflanzen ist sie an den ersten Blättern zu erkennen, die im Frühling hervorlugen.
Bei Hunden ist sie überall ein wenig zu erkennen, oft am Schwanz oder an der Schnauze.
Bei dem kleinen schwarzen Hund saß die Hoffnung vermutlich in der Schnauze, die er auf der Jagd nach neuen Gerüchen immer dicht über dem Boden hielt.
Oder er streckte sie in die Luft und witterte.
Man könnte sagen, dass er sich von seiner Spürnase leiten ließ.

Ohne die Witterung aufzunehmen

Irgendwie zog es ihn zurück in den Park. Dort fühlte er sich nicht mehr allein. Es dauerte nicht lang, da begegnete er drei Dackeln, die ihn anbellten.
Weil er fast wieder der Alte war, blieb er stehen und bellte zurück.

Solche Typen kannte er. Denen musste man gleich zeigen, was Sache war.

Er bellte aus voller Kehle!

Für so einen kleinen Hund machte er ganz schön viel Lärm. Aber die Dackel waren noch lauter!
Einen Moment lang war ordentlich was los. Das Mädchen, das mit ihnen Gassi ging, zog an ihren Leinen, aber sie blieben wie angewurzelt stehen.
»Wo ist dein Frauchen?«, fauchte sie den kleinen schwarzen Hund an. »Passt sie gar nicht auf dich auf?«
Da verstummte er. »Frauchen« hatte sie gesagt. Er schaute sich um. Kam Frauchen jetzt? Nein, sie zwar nicht. Aber Schätzchen! Immer, wenn er dieser Hündin begegnete, war er außer sich vor Freude. Er kehrte den Dackeln den Rücken und schwänzelte auf Schätzchen zu.
Für Schätzchen ließ er immer alles stehen und liegen.

Aber dieses Mal riss er sich schon nach dem ersten Küsschen los. Schätzchen sah ihm erstaunt hinterher …

… als er sie verließ, um zu einem Café zu rennen, das er und sein Frauchen manchmal besuchten. Aber es war geschlossen. Er lief zu der Bank weiter, auf der sich sein Frauchen immer ausruhte. Aber die Bank war leer.

Vergeblich lief er von einem vertrauten Ort zum nächsten, ohne ihre Witterung aufzunehmen.

Dabei stieß er auf ein Gewimmel von Kindern, die im Schnee spielten. Kinder mochte er sehr. Und sie mochten ihn.
Er blieb stehen und wartete ab.

Bald würden sie ihre Spiele beenden und sich hinsetzen, um ihr Mitgebrachtes zu essen. Das wusste er aus Erfahrung. Dann musste man sich ranhalten, um einen Leckerbissen abzubekommen.
Das Wasser lief ihm im Maul zusammen.

Sobald die Kinder anfingen, an ihren Butterbroten zu kauen, stellte er sich vor einen kleinen Jungen und legte den Kopf schief.
Wenn Hunde das tun, kann es viele verschiedene Dinge bedeuten.
Dieses Mal bedeutete es DARF ICH PROBIEREN?

Der Junge verstand ihn und hielt ihm sein Wurstbrot hin.
Aber da näherte sich auch schon die Lehrerin.
»Otto! Keine fremden Hunde füttern!«, rief sie. »Das mögen die Besitzer nicht.«
Und zum Hund sagte sie:
»Schäm dich! Hier wird nicht gebettelt!«

Nicht einmal ein klitzekleines Speckkrümelchen fiel von dem Wurstbrot für ihn ab.
Mit hängenden Ohren schlich sich der Hund davon.

Der Handschuh im Schnee

Er trottete hierhin, und er trottete dorthin, aber eine interessante Spur fand er nicht.
Bis er sich dem hohen blauen Tor näherte.
Da lag etwas! Plötzlich nahm er wieder diesen Geruch wahr, der ihm irgendwie bekannt vorkam.

Er wühlte mit der Schnauze im Schnee herum.
Der Geruch wurde stärker.
Eifrig scharrte er mit seiner Pfote, bis der vom Schnee begrabene Handschuh zum Vorschein kam.

Ohhhh!
Er schnupperte lange.
Das war sein absoluter Lieblingsgeruch!
Ohhhhhhhh!
Er schnupperte und scharrte weiter und nahm den Handschuh ins Maul. Dann rannte er los.
Und es war, als ob ihn der Handschuh zur Eile antrieb. Er deutete mit dem Daumen:
DORTHIN! DORTHIN!
LAUF DORTHIN!
BEEIL DICH!
LAUF SCHNELLER!
SCHNELLER!
SCHNELLER!

Der kleine schwarze Hund lief, so schnell ihn seine Beine nur tragen wollten! Kaum zu glauben, wie schnell kleine Hunde rennen können!

Nur einmal blieb er abrupt stehen. Das war, als er die Kinder einholte, die ebenfalls auf dem Heimweg waren.

Er wedelte dem netten Jungen, der ihm sein Wurstbrot angeboten hatte, ein wenig mit dem Schwanz zu. Dann ging es mit Volldampf weiter.

Er rannte die ganze lange, breite Straße entlang, an der Kirche vorbei und auf das Viertel zu, in dem er wohnte. Dort kam er langsamer voran, weil es bergauf ging.

Was Hunde wie die Weltmeister können

Als er das Haus sah, in dem er wohnte, ließ er den Handschuh fallen und lief geradewegs auf die Haustür zu.
Aber wie kam er da nur hinein?
Kein Mensch war zu sehen, der ihm die Tür öffnen konnte.

Zuletzt machte er, was Hunde wie die Weltmeister können: Er setzte sich hin und wartete.
Nach einer Weile legte er sich hin.
Niemand kam, aber er wartete trotzdem.

Bald nickte er ein, aber kurz darauf weckte ihn ein Schrei.

Es war Adina, die gerade aus der Schule kam und den Handschuh entdeckte.
»Habe ich ihn wirklich hier verloren?«, fragte sie sich erstaunt.

Im nächsten Augenblick entdeckte sie den Hund.
»Samson!«, rief sie, denn so hieß der Hund. Natürlich hatte er einen Namen!
Den hatte ihm Irma gegeben, als er noch ein Welpe war.

Ein Name, der ganz und gar nicht zu ihm passte, hatten ihre Freundinnen gefunden, mit denen sie ab und zu Kaffee trank. Samson sei ein Name für große Hunde oder Löwen, aber nicht für kleine schwarze Wuschel, meinten sie.
Aber Irma hatte geantwortet:
»Er wächst sicher hinein.«

Und siehe da, wie mutig er geworden war! Keine Angst vor den großen, wütenden Hunden. Keine Angst vor nichts, wie Irma zu sagen pflegte. Und immer fröhlich.

Irma hatte ja nicht gesehen, wie er voller Panik die Straße entlanggerannt war. Nur Adina hatte ihn gesehen.

Und gerade als Adina so dastand und nachdachte, erschien ihr Freund Edward.

»Hallo Samson!«, rief er. »Komm her, damit ich dich begrüßen kann.«

Dann wandte er sich an Adina:
»Warum läuft Samson frei herum? Ist er Irma davongelaufen?«
»Das würde er niemals tun«, antwortete Adina. »Da stimmt etwas nicht.«

Sie ließen den Hund ins Treppenhaus, und sofort rannte er die Treppe hinauf zu Irmas Wohnungstür. Dort bellte er einmal laut. AUFMACHEN!

Aber die Tür blieb geschlossen.
Aus der Wohnung drang kein Geräusch.
Die Kinder klingelten. Mehrere Male.
Drinnen schrillte es verlassen.
Warum machte Irma nicht auf? Wo war sie?

»Kommt«, sagte Adina. »Wir fragen Mama, vielleicht weiß sie ja etwas.«

Frauchen kommt bald!

Aber Adinas Mutter wusste auch nicht, was geschehen war.
Samson winselte.
»Frauchen kommt bald«, tröstete ihn Adina.
Diese Worte verstand Samson. So sagte sein Frauchen immer, wenn sie ihn eine Weile alleine ließ.

Sie beruhigten ihn immer, denn er wusste, dass sie stimmten. Sie kam immer zurück.
Jetzt sagte Adina diese Worte. Und auf sie war Verlass. Er wedelte ganz schwach mit dem Schwanz.
Als ihm Adina etwas zu essen gab, fraß er den ganzen Teller leer.
Dann legte er sich vor die Tür.

Nach einer Weile kam Adina zu ihm und sagte: »Samson, sie haben aus dem Krankenhaus angerufen. Frauchen hatte Herzweh und wäre fast gestorben. Aber sie lebt!«
Samson legte den Kopf schief.
Er verstand sie erst, als Adina die Zauberworte wiederholte:
»Frauchen kommt bald.«
Da wedelte er wieder mit dem Schwanz.

Danach sagte Adina diese Worte noch viele Male, tagein und tagaus wiederholte sie sie.
»Frauchen kommt bald!«
Und Samson glaubte ihr und wedelte mit dem Schwanz.
Jetzt gab ihm Adina immer zu fressen und ging mit ihm Gassi, aber es dauerte nie lange, bis er wieder ins Haus wollte, um sich vor die Tür zu legen.
Dort lag er dann und lauschte den Schritten, die im Treppenhaus kamen und gingen. Schnelle Schritte und noch schnellere Schrit-

te. Und Schritte, die zwei Stufen auf einmal nahmen.
Samson rührte sich nicht vom Fleck.

Bis eines Nachmittags Schritte kamen, die ab und zu innehielten und sich auszuruhen schienen.

Da zuckte er zusammen, sprang auf und presste die Schnauze an den Türschlitz:
WUFF, WUFF!
Adina ging zur Tür und machte auf, um zu sehen, wer da kam.
Und da stand sie, Irma!

Der Hund war ganz verrückt vor Freude! Genauso grenzenlos glücklich wie immer, wenn Irma nach Hause kam. Selbst wenn sie nur fünf Minuten weg gewesen war.

Immer wieder aufs Neue schnellte er hoch, bellte und wälzte sich auf dem Boden.
Und sein Schwanz wirbelte unaufhörlich wie ein Schneebesen in der Luft herum.

Du, mein allerliebster Hund

Und der kleine schwarze Hund durfte endlich wieder nach Hause und wärmend auf den Füßen seines Frauchens liegen, wenn sie in ihrem Sessel saß und Handschuhe strickte.
Oder er sprang zu ihr ins Bett, wenn sie mit ihren Freundinnen telefonierte.

Sie war immer noch zu schwach, um mit Samson spazieren zu gehen. Das übernahm Adina.
Adina ging morgens, mittags und abends mit ihm Gassi. Und sie nahm ihn fast immer mit, wenn sie mit Edward draußen spielte. Aber Samson rannte meistens herum und bellte.
Manchmal bellte er, weil es einen Grund gab. Und manchmal bellte er ohne jeden Grund.

Vielleicht bellte er ja nur, um die bösen Geister fernzuhalten. Und fern blieben sie. Nirgends waren sie zu sehen. Gab es sie überhaupt?
Er bellte wohl nur sicherheitshalber.

Oder er bellte, um eine kleine Hündin namens Nikita ins Freie zu locken, damit sie mit ihm spielte.

Und manchmal kam sie.
WIE RIECHST DU HEUTE?, fragte Samson.
UND WIE RIECHST DU?, erkundigte sich Nikita.

Dann tobten sie herum und jagten einander, bis ihn Adina wieder ins Haus rief.
»Oh, du mein allerliebster kleiner Hund«, rief Irma, sobald Samson in der Tür erschien. »Komm her, damit ich meine Hände in deinem warmen Fell wärmen kann!«
Und Samson sprang ihr in die Arme.

So war das also mit dem kleinen schwarzen Hund namens Samson. Der sich nur ein einziges Mal gefürchtet hatte! An jenem Abend … Aber davon wusste nur Adina.

»Da hattest du schreckliche Angst«, sagte Adina und umarmte ihn.
Der Hund legte den Kopf schief. Wovon redete das Mädchen eigentlich? Er und Angst?
Nein, er war froh.

Er sprang wieder auf den Boden und schnappte sich den neuen Handschuh, den Irma gerade fertig gestrickt hatte, einen blauen, und schüttelte ihn hin und her.
»Wenn du mir doch nur erzählen könntest, wie du nach Hause gefunden hast!«, sagte Adina.
WUFF, sagte Samson. DER ROTE HANDSCHUH HAT MIR DEN WEG GEZEIGT.

»Nimm ihm den Handschuh weg«, bat Irma. »Du brauchst ihn noch, weil der Winter so kalt ist.«
Adina rettete den Handschuh und versteckte ihn in ihrer Tasche.

Irma hatte recht. Sie würde den blauen Handschuh noch brauchen, falls der rote wieder verschwand. Der Winter war noch lange nicht zu Ende.

Auch in dieser Nacht schneite es. Aber jetzt lag kein kleiner, frierender Hund unter dem Busch im Park.
Und was, wenn er dort erfroren wäre? Das kann jedem passieren, der draußen in der Kälte übernachten muss.
Die Bäume hingegen schliefen ruhig weiter und warteten darauf, dass es wärmer wurde und ihre grünen Blätter sprießen durften.

Die Originalausgabe erschien 2017
unter dem Titel *Liten svart hund i natten*
bei Bonnier Carlsen Bokförlag, Stockholm.

ISBN 798-3-8251-5220-8

Erschienen 2020 im Verlag Urachhaus
www.urachhaus.de

Satz: Katja Schüch, Kirchheim unter Teck

Die Veröffentlichung in deutscher Sprache wurde
mit Bonnier Rights, Stockholm, Schweden, vereinbart.

Druck: Westermann Druck Zwickau • gedruckt in Deutschland

FSC www.fsc.org MIX Papier aus verantwortungsvollen Quellen FSC® C110508

Klimaneutral gedruckt
mit First Climate | 2020-703395